Minutka

The Bilingual Dog

La Perra Bilingüe

Anna Mycek-Wodecki

English–Spanish

For my bilingual genius, Minutka! AM-W

Milet Publishing, LLC
333 North Michigan Avenue
Suite 530
Chicago, IL 60601
Email info@milet.com
Website www.milet.com

First published by Milet Publishing, LLC in 2008

Spanish translation by Diana Abt

ISBN 978 1 84059 509 3

Printed in China

Minutka

I am a bilingual doggy,
fluent in Spanish and in English.

Soy una perrita bilingüe,
hablo español e inglés con soltura.

This is me. I looked like a tiny bean when my
new bilingual family adopted me.

Ésta soy yo. Tenía el aspecto de una alubia pequeñita
cuando minueva familia bilingüe me adoptó.

I am small and super fast, and they named me Minutka.

Soy pequeña y super rápida, y me llamaron ¡Minutka!

As I grew more and more, I started to . . .

A medida que crecía más y más, comencé a . . .

. . . listen.

. . . escuchar.

When they speak to me in Spanish and in English,
my ears get bigger and bigger.

Cuando me hablan en español y en inglés,
mis orejas se ponen cada vez más grandes.

I turn my head when they call my name.

Giro la cabeza cuando oigo mi nombre.

When they say,
"We love you so very much!" I smile.

Cuando dicen:
"¡Te amamos tanto!", yo sonrío.

Oh, how much I like to give kisses.

Oh, ¡cómo me gusta dar besos!

I even know how to shake paw.

Hasta sé cómo dar la pata.

When I do a trick, my family gives me a treat.

Cuando hago algo que me enseñaron, mi familia me premia.

What's that? A tail? Is it mine?

¿Qué es eso? ¿Una cola? ¿Es la mía?

Do I have a mohawk on my back?

¿Tengo el pelo al estilo mohawk?

Who cares, let's play ball!

No importa, ¡juguemos a la pelota!

Or drink from the sprinkler.

O bebamos del rociador.

Wait for me! I want to fly too!

¡Aguárdame! ¡Yo también quiero volar!

Now, I will show you how to dig.

Ahora te mostraré cómo excavar.

I can run in circles too!

¡También sé correr en redondo!

Oh boy! Yesterday I swam for the first time
in our little pond.

¡Vaya! Ayer nadé por primera vez
en nuestro pequeño estanque.

Chase me, I snatched your sock and undies!

Atrápame, te robé un calcetín y ropa interior.

Look at me! I'm a ballerina.

¡Mírame! Soy bailarina.

And a yoga master.

Y maestra de yoga.

I really don't like walking on a leash.

No me gusta realmente que me lleven de la traílla.

But I like leaving presents!

¡Pero me gusta dejar regalos!

I even know how to water the grass.

Y hasta sé cómo regar el césped.

I am Minutka. Who are you?

Soy Minutka. Tú, ¿quién eres?

This is my friend, Jimmy the Cat. He is very big.

Éste es mi amigo, el Gato Jimmy. Es muy grande.

And this is Frog. We like jumping together.

Y ésta es la Rana. Nos gusta saltar juntas.

Who are you?

¿Quién eres tú?

Hello, Turtle. Do you speak Spanish too?

Hola, Tortuga. ¿Tú también hablas español?

Come on, play with me!

¡Ven a jugar conmigo!

Now it's night, and the moon looks like a big banana.

Ahora es de noche, y la luna se parece a un plátano grande.

Shhh! Sleeping Beauty!

Shhh. ¡La Bella Durmiente!

I dream in Spanish and in English.

Sueño en español y en inglés.

Sometimes, I stretch in my dreams . . .

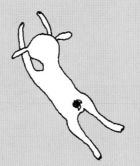

A veces me estiro cuando sueño . . .

. . . or I run very fast.

. . . o corro muy rápidamente.

"Minutka, please stop snoring!"

"¡Minutka, deja de roncar, por favor!"

Now, I am rested and ready to start another day . . .

Ahora he descansado y estoy lista para comenzar otro día . . .

. . . in my two languages.

. . . en mis dos idiomas.

I am a bilingual dog 24 hours a day!

¡Soy una perra bilingüe durante las 24 horas del día!

So long . . .